Para mi amiga Marcia

Texto e ilustraciones © 2007 de Mo Willems.
ELEPHANT & PIGGIE es una marca que pertenece a The Mo Willems Studio, Inc.

Reservados todos los derechos. Publicado por Hyperion Books for Children, sello editorial de Buena Vista
Books, Inc. Ninguna parte o fragmento de este libro puede ser reproducida ni transmitida por ninguna vía o
medio, electrónico o mecánico, incluyendo fotocopias, grabación, o sistema electrónico de almacenamiento y
recuperación, sin permiso escrito de la casa editorial. Para información, diríjase a Hyperion Books for Children,
125 West End Avenue, New York, New York 10023.

Impreso en Malasia
Encuadernación reforzada
This book is set in Century 725/Monotype; Grilled Cheese BTN/Fontbros

Primera edición en español, agosto 2019
3 5 7 9 10 8 6 4 2
FAC-029191-20244

Library of Congress Cataloging-in-Publication Data on file.
ISBN 978-1-4231-0297-7

Visita www.hyperionbooksforchildren.com y www.pigeonpresents.com

**Adaptado al español por
F. Isabel Campoy**

Mi amigo está triste

Por **Mo Willems**

Un libro de ELEFANTE y CERDITA

Hyperion Books for Children / *New York*

AN IMPRINT OF DISNEY BOOK GROUP

Ohhh . . .

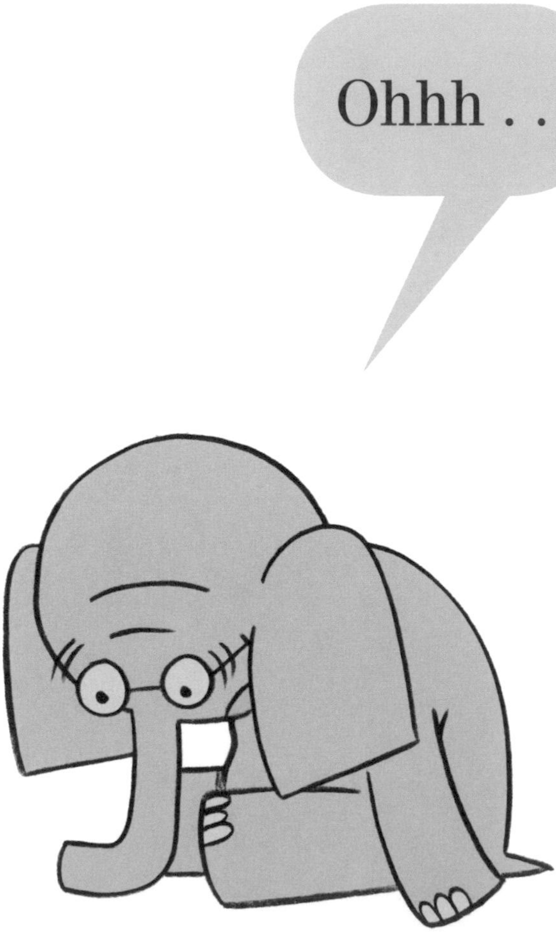
Ohhh . . .

Los payasos son graciosos. Pero él todavía está triste.

19

Pero ¿cómo puede uno estar triste cerca de un robot?

Ohhh . . .

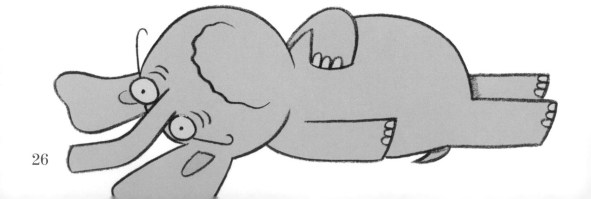

Lo siento. Quería hacerte feliz. Pero todavía estás triste.

Pero estaba tan triste Cerdita. ¡Tan, tan triste!

¡Luego vi a un payaso!

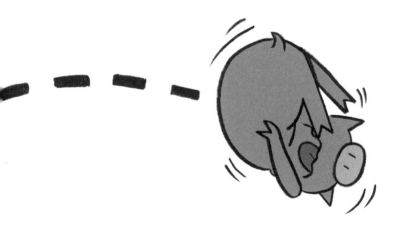

¡Vi un ROBOT!

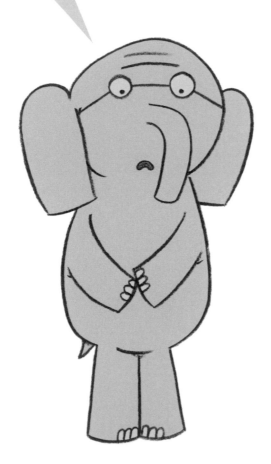

Y mi mejor amiga
no estaba allí para
verlo conmigo.

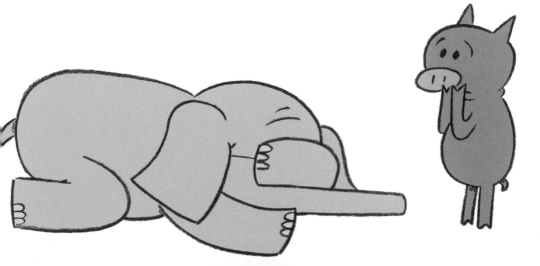

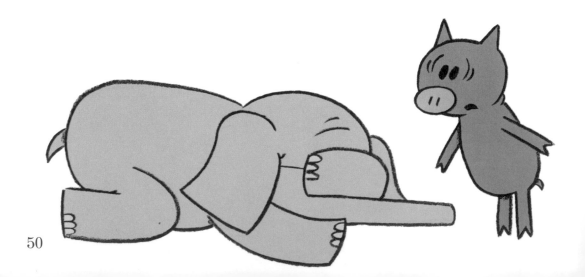

¡Mi amiga está aquí ahora!

Necesitas lentes nuevos. . . .

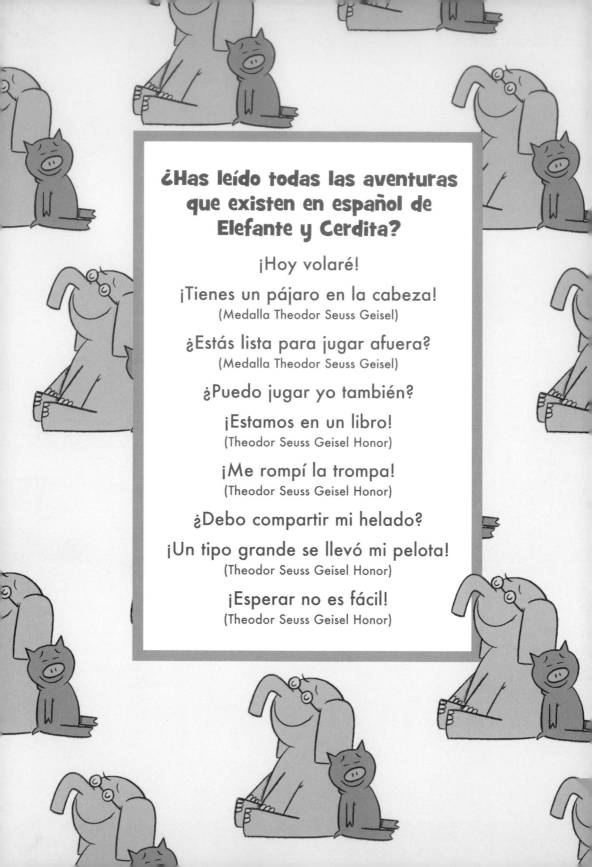

¿Has leído todas las aventuras que existen en español de Elefante y Cerdita?

¡Hoy volaré!

¡Tienes un pájaro en la cabeza!
(Medalla Theodor Seuss Geisel)

¿Estás lista para jugar afuera?
(Medalla Theodor Seuss Geisel)

¿Puedo jugar yo también?

¡Estamos en un libro!
(Theodor Seuss Geisel Honor)

¡Me rompí la trompa!
(Theodor Seuss Geisel Honor)

¿Debo compartir mi helado?

¡Un tipo grande se llevó mi pelota!
(Theodor Seuss Geisel Honor)

¡Esperar no es fácil!
(Theodor Seuss Geisel Honor)